이파리 같은 새말 하나

이파리 같은 새말 하나

초판 1쇄 발행 | 2022년 4월 15일
초판 2쇄 발행 | 2022년 9월 20일

지은이 | 변홍철
펴낸이 | 황규관

펴낸곳 | (주)삶창
출판등록 | 2010년 11월 30일 제2010-000168호
주소 | 04149 서울시 마포구 대흥로 84-6, 302호
전화 | 02-848-3097
팩스 | 02-848-3094

ⓒ변홍철, 2022
ISBN 978-89-6655-150-7 03810

이파리 같은 새말 하나

변
홍
철

시
집

삶창

자전거와 도서관처럼
우정을 나누는
가난한 도구가 될 수 있기를

제3세계

어디에도 없는 너를 부른다

차례

1
부

꽃길

바람 부는 대로 떠밀려도
어느 구석엔가 겹겹이 쌓여
이어지는 길, 다시 바람길

꽃잎이 하얗게 떨어진다
대출이자 독촉처럼

검은 나무 뒤로
눈부신 그림자 하나 숨는다

오랫동안 같이 가고 있다

하루하루 살아갈 이유를 찾는 것이
버티는 길이라고

이파리 같은 새말 하나 틔우는 것이
또 사는 길이라고

달리아

잠자리 눈 같은 사랑은
흔들리는 것이 버티는 것

언제고
떠날 준비를 해둔 살림처럼
구근은 제 스스로 땅이고 별이다

이따금 긴 꽃대궁을 타고 흐른 빛이
가만히 고인다, 이슬 같다

술집 뒷문
쪼그리고 담배에 불을 붙이던
너를 본 것도 같다

불안하여 더 짙은 화장
옮겨 갈 날을 기다리던 봄날 저녁

여린 쇄골에 붉은 간판 불이 거꾸로 비치던

이런 질문

"교정에 자목련 서 있는 장소를 자세히 적으시오."

시인 오탁번 선생이
현대시 수업 기말고사에 낸 시험문제였다.

1994년, 아무 대책 없이 돌아온 학교
틈만 나면 나무 옆 벤치에 앉아
햇볕을 쬐며 중얼거리던 봄.

학교를 떠나 있는 동안 교정 곳곳은
새로 주차장이 되어 있었다.

그러고 보니, 자목련 못 본 지 한참 되었구나.

비대면 상황이 끝나고
강의실에서 학생들 만날 수 있는 때가 오면
나도 이런 질문 한 번쯤 젊은 나에게 던지고 싶다.

"우리 교정에 살구나무 서 있는 곳이 어딘지 아는 사
람!"

우리에게는
주식 말고도 중요한 게 몇 가지 더 있지 않느냐고.

서경주역

세 칸 또는 네 칸짜리 열차가

오 분이나 육 분 늦게 온다는 안내 방송,

들을 때마다 마음이 놓인다.

건천이나 율동쯤

마주 오는 계절을 비켜 가기 위해

오늘도 잠시 멈추었다 가주기를 바라는

형산강 기슭 한가한 플랫폼 저쪽에서

꼬리 짧은 길고양이 한 마리 게으르게

수염에 묻은 물방울을 털며 온다.

거슬러 갈 수는 없어도 천천히나 흐르자고

짐짓 휘어져 딴전을 부리던 강물이

애기똥풀꽃 한 송이에도 고마운 해찰을 부리는

붉은 꽃이 피는 나무

지난겨울 뒹굴던 뼛가루
눈보라로 불던 휘파람

춘분 무렵
제가끔 모이고 엉긴다

나무마다 가지마다
빛도 다르고 향도 다른 넋들

헤적이다 나부끼다 이렇게
모이는 것이다, 끼리끼리
꽃으로 앉는 것이다

그대는 틀림없이
여기 와 있다는 것을 안다

그러지 않고서야 나무가
이 노래를 알 리 없다

노을 지는 어느 저녁
또 떠나려고

붉은 깃털 떨구고
날아가려고

모과꽃

숨어서 피는 뜰

날이 맑으니

봄 그늘도 깊다

목울대의 슬픔은 잘 삼키었다가

빛나는 종양

열매로나 맺자

시장통

하루 공친 가장들
불콰한 시비는 객쩍기만 한데

서남시장 찌짐집 목로 앞으로
목발 짚은 봄비는 온다

그래도 부끄러울 것 없는 하루

파 한 단도 수선화 꽃다발처럼 비추며
출출한 불빛은 켜진다

너의 말을 받아 적다

너는 여린 허파를 열어
죽음의 바이러스를 감지한다고

허공 같은 우리의 꿈속에는
아침이 되어도
벌 한 마리 날아오지 않는구나

재난경보가 익숙해진
낙원도 이제는
방사능이 있는 낙원

풍요도 이제는
저주받은 풍요

그럼에도 우리는 오늘 하루
제 할 일을 하자고

망명지의 시인처럼

정오에 쓰러지더라도
제 할 일을 하자고

보랏빛 잉크로
묵묵히 안으로만 각혈(咯血)하는
자주달개비

감꽃

그을음 묻은 시렁
참기름 한 병

서글픈 공출의 역사를
너는 안다는 듯이

그해 삼월과 사월
그해 오월
그해 유월
그해 칠월과 팔월
그해 구월
그해 시월

숱하게 피고 진 들판의 꽃들
삼동에도 다시 피고 지던 꽃들을
언제나 맞고 보내며

병정 나간 큰아들 기다리던

동구 밖, 언니를 기다리던 정거장

저녁놀 울먹임도 채 갈앉기 전에
먼저 돋던 샛별의 역사를
그 무심한 깜박임을
너도 보았다는 듯이

다른 바람이

골목 한쪽 쾅쾅 울리던
능소화 모가지들이 뚝뚝 떨어졌다
그들의 말을 채 알아듣기도 전이었다

장마가 퍼붓기 전, 예비검속을 피해 몸을 숨기듯
도피가 아니라 차라리
환멸과 단절하듯

이것은 하나의 의지,
무리 지어 피었어도 언제나 고독했다고
담장 이쪽과 저쪽 사이에 중립지대는 없다고

무심한 발길에 차이기 전에
그중 몇 송이라도 추념 가득한 책장 한쪽에
꺾어두지 못한 것을 서러워 말자

짙은 초록의 허공, 흔들리는 역사의 넝쿨을
차라리 이 시각, 응시할 일

다른 바람이 동네 이곳저곳을 탐문 중이다

간이역에서의 비유

역사를 기차에 비유하지 말자

차라리 기찻길 옆 코스모스
허리를 슬쩍 휘감는 바람 같은 거라고 하자

역사의 기관차 같은 것은 결코 되지 말자

채송화 핀 역사의 뜰
낡은 자전거로 기대서서
돌아올 이 기다리며 담배나 피우자

내릴 곳을 잃어
어디 먼 항구 끝에 섰더라는 저녁놀

되돌릴 수 있느냐고 묻지 말자

다만 오래오래 여물을 씹는 소의 눈망울처럼
저 빈 철길 따라 풀벌레 소리 흘러올

오늘 달빛 아래서

저녁 비

서둘러 어두워지더니 다시 비 내리기 시작한다

벌써 폐지가 된 아침 신문더미를 싣고
위태롭게 건너온 하루의 수레를 부리면

젖은 이마를 가려주는 느티나무 큰 가지
뼈마디 굽은 손가락 그늘마다 깃을 털며
붉은 등불을 내건다

소음 무성한 세상의 문장들마다
빗금을 긋듯이 피는 꽃무릇

수많은 오문(誤聞)과 비문들이 또 어둠에 젖는다

연가

나는 제3세계

오두막 정부 청사 앞

메밀꽃 같은 모닥불 지펴 놓고

타작 끝낸 이웃들과 어울려 부르는

스텐카 라진*, 탁배기 잔 위에 떨어지는

밤이슬, 사라질 별

영원히 사라지지 않을

나는 당신의 제3세계

* 스텐카 라진(Stenka Razin) : 제정 러시아 당시에 일어난 농민 반란의 지도자 라진을 노래하는 러시아 민요이다.

나무와 함께 비를 맞다

너는 한때 행복했던 왕자의 동상처럼
황금의 깃 다 떨구며 섰구나

그러나
오늘 우리 발등에 쌓이는 것은
거름이 되지 못하는 슬픔

그리하여 바닥에 들러붙은 모멸
무거운 청구서와 마지막 달력

서글퍼라
곱은 손가락으로는
집을 수 없는 실마리여

허리 굽혀 더듬어보아도
폐선의 간이역에 뒹구는
도산한 노을 왕국의 채권들뿐

돌아갈 차표 한 장 살 수 없다고
찬비는 내린다

꽃은 활짝 피었구나

땅은 뿌리를 만나면
자신의 이야기를 꽃으로
피워낸다, 그 뿌리에 걸맞은

시도, 철학도, 그림도
역사의 피눈물과 인간의 위대함도
다 제각각 다른 혈관을 만나 하늘이
먹구름 뚫고 피워내는 불가능의 꽃밭

우리는 땅과 하늘에 닻을 내린
연하디연한 실뿌리, 엉켜 있는, 그 닻이
끊어질 때조차 인간의 기도는
풍랑 속에 닻을 내리나니

그리하여 이렇게
꽃은 활짝 피었구나

땅과 하늘의 이야기, 소용돌이치는

분노와 슬픔까지도 깃발처럼
펄럭이는 꽃밭

2

부

한식 무렵

앉았다 떠날 때마다
바람의 무게만큼 흔들린다

기억하라고 기억하라고
무수한 떨림으로
지난밤 이삭이 팬다

바람을 밴 보리는, 훗날
까끄러운 밥이 된다

더 많은 내일, 슬퍼할 힘이 된다

야행

정수장 옛터, 어제부터 풀 베는 작업 중이다.

풀 냄새, 가지친 향나무 냄새,

비구름에 갇혀 비린내 떠나지 못하고

자욱한 허공 맴도는 밤이다.

배롱나무 가지처럼 번들거리는 목숨, 지렁이가 많다.

조심하며 걷지만 다들 위태로운 길,

비가 오면 이렇게 겨우 숨 쉬러 나온다고 한다.

어른 팔길이만 한 큰 놈은 밟혀서

으깨진 몸을 끌고 가기도 한다.

아침 예배

위로인 듯
울력인 듯
열매들의 노래

이른 아침
거미줄에 걸린 날벌레처럼
이승의 애처로운 인연으로 맺혀

작은 마당, 감나무와 대추나무는
역병의 봄과 여름을 지나며
다른 해보다 많은 열매를 달고 있다
서로 울리고 있다

푸른 별은
다른 지평선 위에 종소리로
둥글게 빛날 거라고

어릴 적 살던 동네, 작은 예배당은

거름 냄새 나는 고샅
맨 끝에 있었다

숲길

모든 길은 뒷모습

참매미, 박새, 풀여치

하늘과 땅 사이 소리들로 반짝이는

숲에 가득 찬 초록 잎사귀들

그중 하나일 뿐인 내 박명의 심장은

어디에도 없는 새로운 노래에 눈뜨고 설레어

따라간다, 일렁이며, 어디에도 머물지 못하고서

덧대고 덧대어도 반투명인

내 영혼의 낡은 보자기는

그대 뒷모습을 잊을까, 자꾸

빛우물을 새기며 간다

유월의 바람

한참 씻어 말린 펜촉
잉크를 새로 넣은 만년필

오늘 하늘은 논물 위에 일렁이며
아직 서성이고 있다.

꽃잎 자국, 말라붙은 사건과 해석을 헹궈내듯
연이틀 내리던 비는 그치고

맑은 길도 다시 걷다 보면
자음의 잎새, 모음의 넝쿨들
다시 일어날 거라고

오늘 하늘은
신선한 낱말을 찾아 잠시 망설이자 한다.

한 뼘 한 뼘, 뾰족하게 우북하게 어울려
목청 시원한 노래의 그늘 다시 깊어질 거라고

그러니 오늘은 다만 손가락 끝을 마주 대고
새로운 바람처럼 잠시 흔들리자 한다.

아직은 푸른 잎사귀

백일홍 꽃그늘

노래 다 빠져나간

매미의 몸피는 까맣게 타

가볍디가볍다

후회 없이 울었느냐고

구름의 그림자 잠시

덮어주고 간다

입추는 일주일도 남지 않았다

아직 푸른 저 잎사귀는

누구의 노래일까

가을 협주곡

새로 맨 현을 고르듯

풀벌레들이 울어본다, 목청을

가다듬어본다

겨드랑이 솜털 같은 첫 풀이 자라던

지난여름 그대 무덤도 한 계절을 지나

기지개 켜며 구절초 한 송이 피울 준비를 한다

알람브라궁전 같은 시월에는

흰 소매 끝을 걷고 술도 한 동이 담그자고

달빛을 나누는 둥근 현을 뜯으며

한잔 먹자고도 한다

하지 않은 말

마당 거친 풀 뽑고
늙은 대추나무 건너던 거미줄 걷고
좁은 골목 쓸어도
이마에 땀이 안 난다.

밤새 귀뚜라미들
어느 계곡물 소리를 뜯어 뜰에 풀어놓았는지
낮에도 분꽃 발목이 젖어 있다.

그대에게 하지 않은 말은
바람 빠진 자전거 바퀴에 불어넣고,
지평선 보이는 옛 마을을 찾아가는
나의 처서.

첫눈을 기다리며

천사는 이따금
나그네의 모습으로 날아온다

서리 내린 아침
가지 끝에 매달린
빨간 우체통처럼

너의 작은 입은 거기에
반가운 소식을 물고 와 부리고 있다

오늘은 아니라고

남은 날들을 더 사랑하라고

편지

서리 맞고 익어가는 영혼

별빛 머금은 홍시처럼

바람 끝에 매달려

그대 심장은 하루 더 달콤해지고 있구나

복수하듯 검붉은 화농밖에

할 수 있는 게 없으니

자비로운 부리가 우리를 쪼아대든

은혜로운 중력이 우리를 박살내든

누이여, 형제여

그러니 좀 더 버텨보자

사랑의 파편에 곪아가는

이 시리게 뜨거운 어둠

겨울나무를 위하여

저무는 갯벌 위 철새 떼처럼

맴도는 것이다

수백 수천의 입자로 흩날리며 뭉치며

나부끼며 떠돌면서도

바람으로 언덕을 지키는 것이다

언제라도 멈추고 싶은 힘과

언제라도 나아가고 싶은 힘이, 부르고 싶은 힘이

팽팽하게 밀고 당기는 자장, 캄캄한

그것이 나의 몸이다, 그러나 어디까지가

나이고 어디서부터 너인지 모르겠는

고요한 심해에서 출렁이는 물고기 떼

어둠 속에서 빛나는 군무

먼 옛날 무너진 바리케이드처럼

떠나지 못하는 텅 빈 가지, 희미한

엉기우는 힘, 그대 백골을 어루만지듯

펄럭이는 노래는

섣달

공원을 걷고 있는데
누가 부르는 소리, 잠시 멈춰
귀를 기울였다

올려다보니, 흐린 겨울 밤하늘로
기러기 떼 날아가는 게
희미하게 보였다

공단에 둘러싸인, 매캐하고 을씨년스러운 동네
마스크를 끼고 사는 도시 위에

뜻밖에도, 군호를 외치듯
언 강가, 띄엄띄엄, 모닥불
등 두드리며 밤을 쫓듯, 울력하듯

기룩, 기룩, 기룩,
지나간다, 다 지나간다

한 걸음 앞서가며, 아우를 자꾸만 돌아보는
가난한 형님들처럼, 어두운 산길에 점점이 떨어뜨린
빛나는 빵 조각처럼

기룩, 기룩, 기룩,
길이 있다, 돌아갈 길이 있다

섣달 어느 날 밤
웬일인지 조금 덜 무서워졌다

겨울 등반

몇 걸음 떨어진 그대가
자주 어깨를 주무를 때마다
내 마음도 저릿하였다

다친 인대 속으로 찬 바람 불고
실오라기처럼 흐르던 혈관 그대로
마침내 얼어붙는다

안타까운 호흡으로 엮은 마지막 로프

그러나 이 수직의 길은
그대와 내가 개척한 허공의 빙벽

그러니 부디
캄캄한 한파여
영하의 절벽이여
더 오래 버텨다오

우리 잡은 손

가장 뜨거운 안타까움으로

연리지처럼 얼어붙어

차라리 녹지 않도록

3
부

법원 앞에서의 산책

법원 앞 천변에 애기똥풀꽃이 가득하다
노란 리본처럼 바람에 흔들린다

조사실에서도, 법정에서도
직업을 물으면 시인이라고 답한다

주머니 속에 감춰둔
은사시나무 삐라를 만지작거린다

수첩에는 바랭이와 엉겅퀴를 이용한
사제폭탄 제조법, 아직은 실험 단계임

심문관이 무슨 생각을 하든, 스스로 더 당당하려면
진짜 시를 잘 써야 하는데

사발통문 같은 오월 하늘에 마음을 빼앗겨
오늘도 거사는 실패

벌써 뜨거워지는 아스팔트 위를

그림자도 없는데,

되도록이면 천천히 걷는다

다리가 새로 놓인 마을

물레방아 있는 그림을 올려다보며
어린 나는 생을 예감했을까

다리가 새로 놓인 강가 마을
비누 냄새 나는 이발소
인조가죽 의자에 앉아 까불대다가

새마을 연쇄점, 연탄난로 옆 김 서린 창문
까치발로 내다보면 고기 굽는 연기
석쇠를 뒤집으며 손을 호호 불던 눈보라

젓가락 두드리는 소리에 두근대던
나의 예술, 배호나 문주란
벙거지를 눌러쓰고 지나가고 있었다

옛 나루터, 여기로 얼마나 많은 바람이
밀려오고 밀려 나갔을까

해쓱한 강물, 머잖아
삼동에도 얼지 않는
푸르딩딩한 세월 올 줄은 모르고

지린내와 막걸리 냄새만 다시
새로운 바람 타고 흥청이다
저물던 마을

길

돌아보면 어릴 적 혼자 걸었던
그게 어딘가로 가던 길인지
집으로 돌아오던 길인지 모르겠지만

그 길을 걸었던 저물녘의 시간이
어딘가에 새기어 오르골처럼
가만히 휘파람 불어온
길의 노래, 나의 노래

길이 밖에 있는 게 아니라
내 몸속에 있던

어느 모퉁이에는
애기 무덤들이 모여 있었다

비 오는 날

라면 하나에 국수사리 한 줌 더해 끓인다.

콩나물 넣고, 고춧가루도 넉넉히 풀었다.

마당에 감꼭지 다 떨어지고, 모과나무는 수두를 앓듯
이파리 죄 병들었다.

반주로 소주. 어머니 한 잔, 나는 석 잔.

단오 무렵, 어머니는 팔순을 맞는다.

조금 퍼진 것을 좋아하는 것은 내가 어머니를 닮았다.

식탁을 위하여

낡은 식탁 너는 25년 전,
열한 평짜리 다세대주택 시절부터
함께 지내왔다

밥을 먹고, 술을 마시고
한숨을 쉬고

누군가 오고 누군가 떠나는 것을
떠난 뒤로 아주 돌아오지 않는 것을
너는 지켜보았다

차려놓고 오래 기다리는 밥
혼자서 먹는 밥도
무겁거나 경쾌했던 수저 소리도
너는 기억한다

구름이 모이고 흩어지는 그림자가
네 얼굴에 비치는 동안

비가 새고 천장이 울고
앰뷸런스 소리가 지나가는 동안

제 할 일을 다 하듯이
집이 천천히 낡아가는 동안

네 앞에 앉아 나는
시를 몇 편 쓰기도 했다

언제가 될지 알 수는 없으나
나도 할 일을 오랫동안 조용히 해왔다고
꽃이 피고 바람이 불듯이
환한 아궁이 앞에서 말할 수 있기를

그러려고,
혼자 있을 때에도
나는 너를 위하여 상을 차린다

저물녘의 운산

문자메시지로 알려주는
대출이자는 참 꼬박꼬박 나간다

꼬박꼬박 내가 지불할 이자를 알려주는
저 근면한 세상의 파쇄기에
옷자락이 말려 들어가지 않기 위해
그대도 나도 오늘 충분히 투쟁하였다

이제 가족들이 나가서
하루 종일 일하며 인색하게 묻혀 올
신선한 바람을 찬거리 삼아
어두운 불을 켜고 밥상을 다시
차릴 시간이다, 1954년
김수영의 '나의 가족'은
지금 그대와 나의 가족 이야기이기도 하다

전쟁을 겪은, 겪고 있는 백성들에게
이런 건 표절이 아니다

아직 나에겐 두 병의
막걸리가 남아 있다
아마 금요일까지 남겨놓긴 어려울 듯하다

꼬불치지 말자, 절약하지도
저축하지도 말자, 새로운 날들에는
새로운 술이 반드시 채워질 것이라는 믿음 없이
어떻게 사랑의 모험을 다시 시작할 수 있으랴

멀리서 온 병

외제 빈 병을 보면
늘 마음 한구석이
찡하고 울린다

김치 국물 새던 도시락이 있고,
멀리서 전학 온 계집애 노래가 있고,
아카시아꽃 지던 개울가 흰 길이 있고,
새 교과서 표지를 영어 잡지로 반듯이 씌운
교복 입은 누나, 풍금 소리가 있는
예쁘고 작은 빈 병

아니면
내가 겪지도 않은 식민지와 전쟁의 기억이
어쩔 수 없이 면면히
내 혈관에 흐르고 있는 설움인지

그것도 아니면
끝내 이런 말간 얼굴로, 결국은 포장도 지워져

영원의 시간이 담기기를 기다리는 것이
너와 나의 운명이라는 이야기인지

알고 보면
우리도 사실은
저마다 작고 예쁜, 향수병 같은
멀리서 온 별의 기억이라는 것인지

북소리

이 술잔은 가만히 보니
젬베라고 하는 아프리카의 북을 닮았다

반병만 마시기로 한 것이
어느새 한 병으로 넘어간다

봄밤의 고동 소리 때문이다
동백이 지느라 둥둥 울리는 수평선
목련이 피느라 먼 데서 맨발로 달려온 바람

오, 나는 빈 깡통, 때 묻은 나무 상자
팽팽하지는 못해도
낡은 생의 가죽을 두르고서
애써 웃으려 하니

살아남은 그대여
죽은 그대여

봄의 리듬으로 와서 즐거이 두드리라
함께 춤추자

무구

형산강 가
까마귀 한 떼 날아
먼동이 튼다

간밤 겨울비에 젖은 깃을 말리려고

날갯짓도 없이 몸을
샛바람에 맡기고서

춥고 배고플 텐데
구름의 궤적을 흉내 내고 있다

사는 것은 서러워도
검불이 날리듯 무구한 것이라고

함께, 가벼이, 붉은 해를 맞고 있다

개강

부추꽃, 호박꽃
팥, 흰콩, 녹두, 서리태 꽃
길가의 접시꽃을 실컷 보며
오며 가며 해찰할 수 있다는 것이다
나에게 개강은

언젠가
당신들의 천국 정부가 들어서면
게으른 나는
어느 외딴 고을, 협동농장으로 보내질까
가서, 너른 마당에 닭을 칠 수 있을까

곰곰이 운산해보는 것이다

유배도 망명도 연금처럼 오는 것
잠시도 쉬지 말라, 부디
내 생의 무용함이여

남파랑길

가는 비

발목 젖은 갈매기 몇 마리

깃을 다듬는 푸른 모래밭

안개처럼 구석구석

당신 몸을 생각해

파도는 늘 모자란 애무

달맞이꽃 핀 언덕 숨차게 넘어가다

자꾸 고개 돌린다, 발을 멈춘다

간지럼처럼 멀찍이

길고양이 한 마리

수평선에 귀를 부빈다

구룡종합석물

기어가던 거북의 마지막 몸짓
호랑이의 마지막 포효

십이지신상도 모조리 포획당해
철삿줄에 묶여 있다, 속수무책

붉은 화염에 꽁꽁 얼어붙은
코알라와 캥거루는 어디로 갔나

멸종된 존재들의 명부, 사라진 용처럼
캄캄한 우주의 잿더미

서경주역 부근 구룡종합석물

관세음보살, 식어가는 미소
그 옛날 석탑 위에 내리던
마지막 별빛의 화석처럼

점두록

내 일생은
언제고 돌아올
그대를 마중하는 일

아직은 쌀쌀한
봄의 역전에

소월도 백석도
다 서북의 사람

남녘의 분지에서
무슨 시를 써야 하나 모르는 나는

바람개비

라디오 크게 틀고 다니는 저 무례한 노인들에게도
조금은 관대해지는 기분
날이 쌀쌀해지고 그림자 길어진 탓이다

공원에는 까치도 많고, 개들도 많다
기쁜 소식을 전한다는 청년 둘이 와서 말을 건다

부지런히 돌고 있는 바람개비들
언제나 걷는 길도 새로운 길이라는 듯이
뻔한 바람도 감사하다는 듯이

돌고 있는 이 명랑한 행성의
일몰 가까운 시각

낡은 그림자의 고관절을 달래가며
다시 조금 더 걸어보자

달리 씨네 쌀 배달하기

나는 자동차도 없고 자전거도 없는데
주인이 쌀 배달을 나가라고 한다.
어깨에 쌀 한 가마니를 얹고 달렸다.
십 리가 넘는 길이라고 했다.

알 듯한 얼굴의 세 인물이
동행이랍시고 따라나섰는데
아무 도움도 안 된다. 자기들끼리 찧고 까분다.

누렇게 벼가 익은 들판이다가
저기에는 복사꽃이 환하게 핀
풍경은 아름다운 그림 속.

소나기도 내리고, 나는 흠뻑 젖었는데
이상하게 별로 힘은 들지 않는다.
아니 힘은 펄펄 남아돌아 한참을 더
달릴 수 있을 것 같기도 하다.
다만 배달 가는 집을 못 찾겠어서 짜증이 난다.

휴대폰도 없는 나는 뒤에서 찧고 까부는 이들에게서
전화기를 빌려 쌀 배달시킨 집 주인이랑 통화,
어, 아는 목소리다. 푸른 기와집에 산다고 했던가.
친절하긴 한데 설명이 너무 길다.
용건만 간단히 말하라고 조금 짜증을 냈다.

겨우 위치를 확인하고
다시 쌀가마니를 어깨에 얹으려는데,
아뿔싸, 비에 젖었던 쌀이 벌써 밥이 다 됐다가
어느새 식어버렸다.

동행한 인간들은 어디서
맛있어 보이는 김치 한 보시기를 얻어 와서는
밥 먹고 가자고 떼를 쓴다. 겨우 떼어내고
그래도 배달하는 게 내 일이니
찬밥이 다 돼 버린 쌀이지만
일단 갖다주고 자초지종을 설명해야 한다고.

도움 안 되던 동행들은 어느새
영감 할마시가 되어서, 자기들은 더 못 가겠으니,
갔다 와서 막걸리나 같이 마시자 한다.

나는 자동차도 없고 자전거도 없고 휴대폰도 없는데
주인이 또 쌀 배달을 나가라고 한다.
길은 질퍽거리고, 나는 매번 허기가 진다.

4
부

아침놀

밤새 흘린 피처럼
방언처럼

능선의 경계에서 배어 나와
옷섶도 채 여미지 못한 채
흘러내린다, 사방으로
튀고 번진다

강물에 낯을 씻으며
서둘러 멀어져간다

왜 밤과 낮이 바뀌는 시간에는
상처 입은 자가 제 수의를 개켜야 하는가

홍시 같은 신음, 단내가 퍼진다

어금니를 깨물고 흐르는 강물의 힘으로
아침은 올 것이다, 먼 아침

상처도 아물 것이다

또 어느 강에는
땅에 묻힌 짐승들의 피도 무덤을 열고
저렇게 배어 나온다는 해이다

리오그란데

작은 강 하나가 코를 박고 죽어 있다

아비의 목덜미에 매달려
국경을 넘던 작은 강물 하나가
천둥 같은 울음을 문 채
아비와 함께 숨을 멈추었다

국가와 국가 사이를 가르는 저 검은 급류를
이제 우리는 더 이상 강이라고 부르지 말자
가난한 아비와 두 살배기 목숨을
집어삼킨 저것은 장벽이다, 철조망이다

우정의 선물 실은 돛단배를 띄우고
손을 내밀어 논과 밭을 적시고
입맞춤과 속삭임, 물레방아를 노래하게 하는
의젓하고 다정한 강물을 꿈꾸던

여린 핏줄 하나가 오늘 아침

장벽에 가로막혀, 철조망에 걸려
끝내 말라붙고 있다
보랏빛 피멍 든 입술을 벌리고 있다

흐르지 않는 것은 강이 아니다
들숨과 날숨 통하지 않는 것은
어디에서고 결코 강이 아니다

열병의 역사

얼마나 많은 계곡에서
이 세찬 빗줄기에
뿌리들 허옇게 드러나고 있을까

너무 많은 목숨들
산 채로 묻어버린 이 땅에서
얽히고 쌓인 고통들은 뒤척이고 있을까

무른 모음의 살점 떨어져 나간
순한 짐승들의 뼈

절규도 항거도 없이 뿌리를 내리고
짙푸른 숲을 이루는 침묵

등 뒤로 묶인 손목, 삐걱거리는
핏물은 말갛게 씻겨
누구의 발목으로 다시 흘러들고 있을까

섬

꿈속에서
적당한 낱말이 생각 안 나 뒤척였다

무슨 일로 목소리는 잠겨서

어디에도 없는 마을
자모 없는 이름을 부르다가
설레다가

바닷물에 식어버린 노을
다시 굳어버린 붉은 노래는 체증처럼

떨어진 동백꽃 대가리
기침처럼 딱딱하게 말라붙어

명치쯤에 얹힌
불모의 봄

성모당에서

뙤약볕이 무성하다

호열자 같은 열풍이 사람들을 쓰러뜨린다는
흉흉한 소문이 돌고 있었다

맨얼굴의 나그네 하나
마스크 쓰지 않은 고요와 마주 앉아
중얼거린다, 입가에 오래 묵은 말들이
버짐처럼 피어 있다

정오의 종은 아직 울리지 않았고
어디선가 물비린내, 아니 땀 냄새
연못가 자주달개비꽃들이 기우느라

십자가의 길, 제7처, 기력이 다하신
그이가 두 번째 쓰러지고
영산홍 붉은 꽃잎이 머리 위에 앉았다

멀지 않은 남문 밖 관덕정 부근에서
지난봄 잘린 수운(水雲)의 목은
어디쯤 굴러가고 있나

채찍 자국, 바위에 떨어지는 꽃잎 같은 날에
먼 산으로 숨었던 벗들도 다 쓰러졌다는
이제와 저희 죽을 때에

가만히 있으라

특등실, 1등실, 2등실 구분은 있지만, 그래도 이게
어디냐
가만히 있으라
수업 끝나고 보충, 야자, 학원, 인강, 그래도 남는 시
간은 자유다, 에어포켓이다
가만히 있으라
조금만 참으면 된다, 대학만 가면 된다, 선착순이긴
하지만 구명보트도 있다
그러니 안심하라, 가만히 있으라

이 배는 어디에서 출항한 것일까
이 배는 어디로 가고 있는 것일까

우리가 저 문을 열고 나가면 도대체 무슨 일이 벌어
지길래
저들은 우리에게 끝없이 가만히 있으라 명령하는가
주위에 다른 배는 없는가, 다른 항로는 없는 것인가
이 배는 기울어지고 있는 것 아닌가, 침몰하고 있는

것은 아닌가

구명보트는 펴지기나 할까, 우리는 정말 안전한가

선주와 노동자, 정규직, 비정규직, 알바, 차이는 있
지만

자신의 위치에 충실하라, 가만히 있으라

이 배는 선진화, 민영화된 호화 여객선,

공장을, 학교를, 사무실을 벗어나기만 하면

극장, 노래방, 스마트폰, 생수병과 통조림에 담긴
자유,

24시간 불을 밝힌 편의점, 진열된 민주주의가 넘치
나니,

불안을 조성하지 말라, 소비심리를 위축시키지 말라

가만히 있으라

이 배의 좌표는 어디인가

이 배의 수명은 얼마나 연장되어도 좋은 것인가

왜 쇠붙이로 만든 방은 기울어

이토록 위태로운가, 왜 우리의 호흡은

손가락이 부러지도록 가빠지는가, 이것은 정말 배
가 맞나,

우리는 한 번도 배 바깥의 세계를 만나본 적이 없지
않나

질문은 허용되는가

가만히 있으라

불복종은 허용되는가

가만히 있으라

탈출은 허용되는가

가만히 있으라

반란은 불가능한가

가만히 있으라

자유는 허락되는가

가만히 있으라

지금은 밤인가 낮인가

어디가 천장이고 어디가 바닥인가

우리는 죽은 것인가 살아 있는 것인가

새벽종이 울리지 않아도

새벽종이 울리지 않아도
삼평리 새 아침은 밝아온다.

농민들이 지켜온 땅은
역사상 단 하루도 헌 마을이었던 적,
없다. 땅을 모르는 지배자들,
하늘마저도 우습게 아는
불경스러운 놈들에게나
이 평화로운 삶이 낡은 것으로
보이는 법이다.

그들 귀에는, 그들 눈에는
힘을 모아 어둠을 밀어내는
저 부지런한 새소리, 밤새
내려온 이슬이 기지개 켜며
숲으로 다시 돌아갈 채비를 하는
눈부신 몸짓, 두런두런 서로의 안부를 묻는
나락 이삭들과 은사시나무들의

다정한 설움이 들리지 않고
보이지 않는다.

그러니 낡았다고 여긴다.
정체되었다고 여긴다.
가난하다고 규정한다.

함부로 쇳소리 울리며, 군홧발 소리
울리며, 자신들이 설계한 새 아침을
이 땅에 이식하려 한다.
구조조정하려 한다.
새마을을 만들겠다고 한다.
송전탑 꽂고 핵발전소 돌려
가짜 해를 솟게 하겠다고 한다. 해서,
저 송전탑의 이데올로기는,
낭신들의 새마을, 우상의 새 아침과
정확히 일치한다. 허깨비들의 아우성,
쇠붙이들의 행진곡, 완장 찬 껍데기들의 요란한

나팔 소리, 호루라기 소리

그러나
이 마을은 역사상 단 하루도
멈춰 있어본 적이 없다.
단 한 번도 헌 마을, 낡은 마을,
죽은 마을이었던 적이 없다.

새벽종이 울리지 않아도
삼평리 새 아침은 여지없이,
의연하게 밝아온다.

솥

살림 사는 여편네들이 양식 단도리도 못 해 소란이
냐고*
대구 1946년 가을, 그들이 팔짱을 끼고 이죽거릴 때
기억한다, 나는

만주에서 일본에서, 강을 건너는 현해탄을 건너는
지난해 등짐 속에서 귀국선 밑바닥 멀미를 함께 앓
으며
돌아왔다, 저 가난한 어미 아비들과 같이

쌀을 달라, 쌀을 달라

돌아온 조국은 그러나 점령군의 나라
텅 빈 자루 같은 눈망울과 내 눈이 마주칠 때마다
쓸쓸한 바람의 뼈가 부딪쳤다

너른 들판 타작마당 노랫소리마저 공출당한 허기
끝나지 않은 식민지의 시월

호열자 걸린 하늘을 애써 눌러 담았다
쌀의 기억만 주린 내 가슴에 안쳤다

자유를 달라, 자유를 달라

분노로 우뚝 선 기관차, 멈춰 선 방직기
우체국에서 연초공장에서, 푸른 핏줄만 붉거진 팔
뚝들이
푸른 소매를 걷어붙이고 파업의 북채를 거머쥘 때
기미년 같은 함성이 분지를 울릴 때

나의 버짐 핀 목구멍에도, 긍지와 기쁨이 새벽
우물물처럼 북소리처럼 파도 소리처럼
출렁이며 차올랐다

아, 그러나 오랜 말발굽이여,
새로울 것 없는 야만의 총성이여!

노동자의 가슴, 농민의 옆구리, 어미와 아비들의
메마른 관자놀이를 뚫고 간 군정의 포고령은
기어이 내 아랫배를 뚫고 갔구나

순식간에 뚫린 구멍으로 저녁놀 흘러
흥건하였구나, 멈추지 않는 붉은 배고픔
오래도록 이 땅을 적시었구나

유산해버린 분지의 침묵이
검붉은 녹물처럼 질기도록
이 땅에 얼룩져 있구나

* 1946년 당시 대구시장이었던 권영세의 말이라고 한다.

그래도 우리는

역류성식도염, 불면증
치통과 가려움증, 몇 개의 중독
우울과 도착, 망상과 관음증들

그 얼굴이라고 해서
온기가 없으란 법이 없다
뻔뻔한 표정 뒤의 수치를 모를 리가 없다
괜찮다, 같이 살자

제자리를 지키며 이따금
서로 손등을 핥아주며
발바닥을 주물러주며

친구 몇은 더 데리고 와도 좋다
얇은 잔고를 아껴가며 밥을 나눠 먹자
내 남은 수명의 앞섶을 기꺼이 열어주마

그러니 지나가는 너희는 비웃지 말라

우리의 다정한 거처를 넘보지 말라

가령 내전의 검은 먼지가
나와 이 가련한 동거인들의 처마 위로 밀려올 때조차

발맞춘 행진곡과 폭죽 소리와 화약 냄새가
흰 구름의 커튼을 사납게 들출 때조차

어린 천의 바자울을 걷어차며
낡은 해와 죽은 별의 껍데기와 무딘 쇠붙이
신념들이 새겨진 깃발, 깃발들이 떠내려올 때조차

오랜 내 망명의 식객들과 병든 나와 조용히
연민의 술잔이나 마주치는 것을
너희는 비웃지 말라, 우리의 서러운 거처를 넘보지
말라

흉흉한 소문에 두려워 않고

작은 회오리 엉거주춤 들떠 일어서지도 않고

엉성한 악기라도 남은 현을 어루만지며
이 곡조의 마지막 소절을 접어
저 강물 위에 띄워 보내는 날조차

같이 살자
이 기나긴 부끄러움의 다리 아래에서
우리의 새 무덤이 조금씩 잠기는 것을 노래하며
서로의 묘비명을 적어주며
끝까지 조금은 부끄러워하며

그래도 우리는 같이 살자

일몰의 노래

걷자

애틋하게
남은 술 한 모금을 털어 마시듯

다시 어둠이 오고
길은 더 미끄러워지리니

걷자

얼어붙은 빨래처럼
허공에 널어두었던 기도의 말들
자모조차 엉켜 딱딱해지더라도

북풍이 막아선 저 길은
우리의 몸피만큼 밀고 가는 것

날카로운 고드름처럼

들숨이 목젖을 향해 번뜩, 위태로워지더라도

붉은 수치를 마저 들이켜며
너와 나의 입술과 혀끝이 그날,
언 땅에 묻은 깃발처럼 굳어가더라도

걷자

혼자가 되더라도, 절뚝이더라도
빈 잔의 공허 따위는 노래에 담지 말자

불면의 눈썹 끝에
기어이 별빛의 증류
한 방울, 두 방울, 다시 맺히는 우리의 밤을 향하여

제정신이라면 오늘

선상 밴드의 임무는
그럼에도 끝까지 자리를 지키며
연주를 마치는 것이다, 아름답게

침몰의 시간
구명보트가 허락하는 한
탈출할 승객들은 탈출해야 하고
남을 수밖에 없는 이들은 제가끔
마지막을 준비해야 하겠지만

기도는 모두를 위해 필요하다
균형을 잃고 기울어가는 갑판 위에서
세레나데, 우리의 연주
마지막 소절까지 박자를 놓치지 않으려면

오늘은 연습이 필요하다
오늘은 훈련이 필요하다

무엇보다 서로 믿고 자리를 지킬
친구가 필요하다, 버티려면
충분한 근력도 필요하다

구명보트에 타는 쪽이 될지
돛대에 몸을 묶는 쪽이 될지
아직은 알 수 없는

그러니 제정신이라면 오늘은
배를 멈추라고, 항로를 바꿔야 한다고
외치는 것이 먼저이겠지만

바이올린 연주자가 되는 것도 나쁘지 않다

누군가는 끝까지 자리를 지키며
이 연주를 마쳐야 하니까

시인과 전쟁

개인이든 국가든
치를 때는 치러야 하는 전쟁이 있다

생존을 위해서나 존엄을 위해서
칼이든 총이든, 죽창이든 낫이든
들 때는 들어야 한다

그러나 전운을 피할 수 없을 때조차도
시인이여, 그대의 사명은, 불가피한 무기의 그림자를
미워하고 그에 항거하는 것

설령 자신과 이웃을 위해 무기를 잡는다 하더라도
그것을 미화하고 선동하는 목소리에 결코 협력하지
않는 것

눈물을 머금고,
참화 속에 죽어가는 모든 생명들을 위해
끝까지 사랑의 참호를 지키는 것

나무와 풀잎, 꽃과 벌레들, 푸른 하늘과
흰 뭉게구름의 죽음, 도서관과 미술관의 파편을
끌어안고 우는 것, 그것이
적의 영토에 속한 것이라 하더라도

때로는 이적으로, 매국으로 몰리더라도
시인이여, 그리하여 그대의 책무는
가장 충실한 국민이면서 동시에
가장 철저한 비국민으로 사는 것

이것은 얼마나 큰 용기가 필요한 직업인가

세상의 어느 누군가가, 당신, 시인에게
일말의 존경심과 사랑을 표한다면
그것은 다름 아닌, 불굴의 용기를 가지라는 엄중한
요구,
광기에 맞서 사랑과 이성의 바리케이드를 지키라는

명령

그 알량한 시가 잘나서가 아니라

발

문

———————

걷는 자와 머무는 자 사이에
트인 말 하나

한지혜 소설가

　오래된 공책이 있다. 25년쯤 된 공책인데, 한때 유행하던 '모둠일기'다. 아이들을 위한 글쓰기 교재를 만들던 첫 직장 동료들끼리 쓰던 건데 네댓 명 정도가 참여했던 것 같다. 모둠일기라고는 했지만, 어떤 형식의 글쓰기든 다 허용했고 회사 동료들끼리 뭐 이런 내밀한 심정까지 다 공유하고 지냈는지 뒤늦게 이해가 안 될 만큼 다들 진지하게 기록을 남겼다. 낙서나 입말은 적었고, 대신 에세이나 짧은 소설과 시사 칼럼 같은 격문이 있었고, 지금도 장르를 규정할 수 없는 독특한 글쓰기도 종종 등장했다. 그중 당연히 시도 있었는데, 시는 오직 한 사람만 썼다. 스스로를 파충류와 닮았다고 말하던, 그래서 '이구아나'라는 필명을 가진 사람. 파충류답게 주로 푸른색 잉크로만 글을 썼다. 그가 쓴 글 중에 더러 일기도 있었지만 대부분 시 아니면 현실 비판이 담긴 산문이었다.

그가 바로 이 시집을 상재한 변홍철 시인이다. 대학생 시절에는 한때 돗자리를 펴고 시를 읽어주는 좌판을 열었다던 이야기를 그때 들었다. 졸업 후에 이력서에도 시를 썼다는 이야기는 나중에 시를 통해 알았다. 그리고 지금은 시인이 되어 여전히 시와 산문을 쓴다. 첫 시집을 묶은 것이 정확히 10년 전인데 내가 가지고 있는 그의 기록 중 몇 편도 조금씩 변주되어 그 시집에 묶였다. 그 시들을 읽고 반가웠는데, 어쩌면 내가 그의 처음 문장을 본 몇 안 되는 사람일지도 모른다 싶어서였다. 아마 그 때문이었을 것이다. 그의 세 번째 시집에 어쭙잖은 한마디를 보태어 쓰겠다고 결심한 까닭 말이다. 나는 그와 달리 시를 써본 경험이 많지 않고 시를 좋아하지만 온전히 이해한다고 말하기는 어려운, 소설밖에는 쓸 줄 모르는 사람이지만, 시인에 대해서는 조금 알고 있으니 시에 대해서는 잘 몰라도 뭔가를 쓰는 게 가능하지 않을까 생각했다.

그러나 막상 도착한 시편을 읽는 순간 바로 내 경솔을 후회했다. 앞서 언급한 오래전 인연이 있고, 이제까지 그가 상재한 시집과 산문을 두루 읽었음에도 막상 글을 보태려니 쉽지 않다. 시인으로서 시를 말하는 것도 혹은 시로써 시인을 설명하는 것도 가능하지 않았다. 읽을수록 수록된 모든 시가 시인이면서 동시에 어떤 시도 시인이 아니라는 생각이 든다. 그러하니 나는 과연 무엇에 대해서 말할 수 있을까.

그런데 이 질문은 쓰고 보니 우문이다. 문학과 삶이 별 개라는 이론이 있고 문학과 삶은 일치해야 한다는 태도가 있는데, 이는 어디까지나 이론가들의 분류일 뿐이다. 나는 글을 쓰는 이에게 하나의 자아만 있을 리 없다고 생각하는 편이다. 특히 시는 그 안에 어떤 장르보다 많은 자아가 분열되어 숨어 있다고 본다. 서로 다른 자아들이 번뇌하고 갈등하고 반목하고 포옹하고 화합하는 더러 배반하는 자리, 그 자리에서 시의 언어가 창조된다. 시는 시인 그 자체이기도 하고, 시인과 전혀 다른 그 무엇이기도 하다. 시인도 그 사실을 안다. 서로가 서로를 모른다는 사실을.

내 일생은
언제고 돌아올
그대를 마중하는 일

아직은 쌀쌀한
봄의 역전에

소월도 백석도
다 서북의 사람

남녘의 분지에서

무슨 시를 써야 하나 모르는 나는

—「점두록」 전문

『이파리 같은 새말 하나』는 변홍철 시인의 세 번째 시집이다. 정확히 10년 전에 첫 시집『어린왕자, 후쿠시마 이후』(한티재)를 출간했고, 3년 전에 두 번째 시집『사계』(한티재)를 펴냈다. 이어지는 세 권의 시집은 일상에 대한 응시와 연민이라는 공통된 정서로 묶인다. 앞서 시를 쓰는 여러 자아에 대해 말했지만 그렇다 한들 이러한 여러 개의 자아도 결국 하나의 본질에서 나온 그림자인지라 부르는 노래들이 완연히 엇갈리지는 않는다. 그리하여 일관되게 보이는 시적 정서는 그러나 시기에 따라 미묘한 변화를 보인다.

  첫 시집에는 그가 시라는 언어를 처음 만난 이후 시를 열망하고 끝없이 시를 쓰지만 스스로를 시인이라 자각하지 못하던 시기의 시가 담겨 있다. 쓰는 이로서의 정체성을 인지하지 못한 터라 시적 정언보다는 그가 바라본, 만난 혹은 겪은 현실이 시적 언어로 재바꿈한 시가 대부분이다. 두 번째 시집은 스스로를 시인으로 인식한(혹은 선언한) 이후에 쓴 시다. 변홍철 시인이 스스로를 시인이라 선언한 순간에 대해서는 산문집 『時와 공화국』(한티재)에 잘 나타나 있다. 이력서에 시를 쓰면서도(「이력서 위에 쓴 시」, 『어린왕자, 후쿠시마 이후』) 스스로를 시인이라 여기지는 않았던 그가, 공권력이 '당신은 누구인가' 묻는 질문에 대뜸 '시인'이라고 자기도 모르게 대답한다. 그는 그 순간의 까닭을, 돌연한 선언을 스스로도 이해 불가하다고 적고 있다.

그러나 나는 그 순간을 통해 그가 비로소 시인이 되었다고 생각한다. 자신의 정체성을 획득한다는 건 자신이 누구임을 스스로 깨닫는 순간이다. 그것이 문학적 호명인 경우에는 더더욱 그러하다. 네루다가 말했던 '시가 찾아왔던 순간'이 바로 그러한 순간이라고 여기는데, 하여 시인이 깨달았든 아니든, 그가 스스로를 시인이라고 부르는 순간, 그의 모든 싸움, 모든 삶, 모든 시절은 시가 된다. 그리고 그 시가 모인 것이 바로 두 번째 시집 『사계』의 시편들이다. 그가 부대끼며 사는 일상을 계절의 순환에 맞춰 고백하고 있는 두 번째 시집 속에서 그의 시는 첫 번째 시집과 마찬가지로 현실에 대한 단상을 보여주는데, 이전의 시보다 훨씬 깊고 세련된 서정을 느낄 수 있다. 망설임과 머뭇거림이 사라진 언어로 직조한 시상은 간결하지만 선명한 울림을 준다. 시에 대한 지향점도 보다 구체적으로 드러난다.

삶도 죽음도

얇은 입술에 담기에 얼마나 깊고

무거운 것이냐

그런 시를 쓸 수 있을까

장례식장에서 오랜만에 만난 벗들과

조용히 나누는 악수 같은

호들갑스럽지 않고 다만

굳은살 같은

　　　　　　　　　　　　—「그런 시」 전문(『사계』)

　소설가로서 나는, 문학을 삶과 견줄 때 처음과 끝에 시가 있고, 그 사이에 소설이 있다고 생각한다. 그래서 소설이 과정이고 서사일 때, 시는 우리가 가야 할 지표이거나 기억해야 할 원론이라고 믿는 편이다. 물론 시인에게도 삶은 연속적이고 실체적으로 걸어가야 하는 무엇이겠고,

그 속에서 바라보는 것을 적어 내려가겠지만 그러나 시인이 시로서 상기시키는 것은 언제나 우리의 처음이거나 도달해야 할 궁극이라고 생각한다. 그것이 시의 소명일 거라고도 믿는다. 고대의 예언들이 하나같이 시의 형태로 씌어 있던 것도 다 그러한 까닭이 아닐까. 그러니까 나는 잠언으로서, 예언으로서 시의 역할을 믿는 편이다. 그러나 그러한 잠언이, 예언이 공허한 말장난이 되지 않기 위해서는 삶과 밀착되어야 할 것이다. 실존적 의미로든 생존의 의미로든 삶과 맞닿아 있을 때 시의 언어가 단순한 기교가 아닌 서정으로서의 의미를 얻는다고 믿는다.

앞에서도 말했듯 변홍철 시인의 시는 쉽게 읽힌다. 시의 언어, 호흡, 대상 어느 것 하나 낯설거나 어렵지 않다. 시를 읽으면서 시인의 마음과 고스란히 겹쳐지는 경험은 참으로 오랜만이었다. 근래의 시들은 난해함 속에 의도를 숨기기 일쑤라 말을 보태면 보탤수록 시에서 멀어지는 경우가 많아서, 전통적 서정의 근간 위에 쓴 변홍철 시인의 시들이 반갑기 그지없었다. 나는 쉽게 읽히는 시를 좋아하는 편인데, 쉽게 읽히는 시가 오히려 쉽지 않게 쓴 시라는 것을 조금은 알고 있기 때문이기도 하겠다. 그의 시는 낯선 공간이 아니라 그가 줄곧 살아온 골목과 시장과 오래된 집과 청춘의 기억과 지나가는 시절 위에 씌어 있다. 10년 전에도 그랬고, 세 번째 시집에 이르러서도 마찬가지다. 그런데 세 번째 시집은 이전의 시와 조금 다르다. 흔들림이 있고, 외침이 있다.

그런데, 『사계』에 이르기까지 변홍철 시인의 시들은 활동가로서 그의 이력을 생각할 때 다소 낯설게 느껴지는 면이 있다. 그가 쓰는 자분자분하고 단정한 시어들은 산문이나 칼럼을 통해 보는 그의 목소리와 사뭇 다르다. 산문이나 칼럼에서 보는 그의 목소리는 꽤 크고 강하며 직선에 가깝다. 산문가로서 그의 문장은 문제의 핵심과 본질을 향해 거침없이 질주하는 웅변이어서 투사의 이미지를 부여하는 데 반해 시 속의 그는 머뭇거리며 서성인다. "다시 일어날 거라고" 노래하면서도 "잠시 망설이자" 하고, "잠시 흔들리자"(「유월의 바람」) 하며 끝없이 마음을 다독인다.

아마도 그는 시인으로서의 자신과 활동가로서의 자신을 분리하고 있는 듯한데, 세 번째 시집인 『이파리 같은 새말 하나』에 이르러 그 지향점과 방향이 어떻게 다른지 조금 엿볼 수 있다.

선상 밴드의 임무는
그럼에도 끝까지 자리를 지키며
연주를 마치는 것이다, 아름답게

침몰의 시간

구명보트가 허락하는 한

탈출할 승객들은 탈출해야 하고

남을 수밖에 없는 이들은 제가끔

마지막을 준비해야 하겠지만

(…)

그러니 제정신이라면 오늘은

배를 멈추라고, 항로를 바꿔야 한다고

외치는 것이 먼저이겠지만

바이올린 연주자가 되는 것도 나쁘지 않다

—「제정신이라면 오늘」 부분

　　나는 변홍철 시인의 시 쓰기가 세상을 바라보는 내면의 목소리이자 한편으로는 자기 존재에 대한 증명 과정이라고 생각한다. '너는 누구인가' 하는 질문에 스스로 '시인'이라는 대답을 했지만(「時와 공화국」) 그 까닭을 모르겠다고 말한 그가, 그러나 그럼에도 계속 시를 쓰는 이유는 시인이라는 이름이 자신에게 마땅한가를 끝없이 스스로에게 묻고, 그 마땅함을 얻기 위해서는 아니었을까. 산문

속에서, 그리고 실제의 삶에서 그는 이 땅에서 일어나는 많은 싸움의 현장에서 직접 발 벗고 행동하는 활동가이지만 시 속에서 그는 수첩에 "바랭이와 엉겅퀴를 이용한/ 사제폭탄 제조법"(「법원 앞에서의 산책」)을 적어두는 몽상가이며, 침몰하는 배에서 항로를 변경하는 대신 바이올린 연주를 택하는 사람이고, "전운을 피할 수 없을 때조차도" "불가피한 무기의 그림자를/ 미워하고 그에 항거하는 것"(「시인과 전쟁」)이 시인의 사명이라고 생각한다. 그리하여 지난 시집의 마지막에 자신이 쓰고 싶던 시를 말했던 시인은, 이번 시집에서 "후회 없이 울었느냐고"(「아직은 푸른 잎사귀」) 스스로에게 물으며 "광기에 맞서 사랑과 이성의 바리케이드를 지키라"(「시인과 전쟁」)고 비장하게 선언한다. 다소 거친 이 정언은 그러나 그가 세 번째 시집에 이르러 비로소 생긴 단단한 굳은살일지도 모르겠다.

세 칸 또는 네 칸짜리 열차가

오 분이나 육 분 늦게 온다는 안내 방송,

들을 때마다 마음이 놓인다.

건천이나 율동쯤

마주 오는 계절을 비켜 가기 위해

오늘도 잠시 멈추었다 가주기를 바라는

형산강 기슭 한가한 플랫폼 저쪽에서

꼬리 짧은 길고양이 한 마리 게으르게

수염에 묻은 물방울을 털며 온다.

거슬러 갈 수는 없어도 천천히나 흐르자고

짐짓 휘어져 딴전을 부리던 강물이

애기똥풀꽃 한 송이에도 고마운 해찰을 부리는

―「서경주역」 전문

이 시에 오래 머물렀다. 산문을 통해 세상이 달라져야 한다고 외치는, 여전히 혁명을 꿈꾸는, 그러므로 전복을 노래할 것 같은 시인은 세 번째 시집을 통해 자신의 외침에 담긴 속내를 고백한다. 그것은 외면을 통해 짐작한 길과 사뭇 다른 꿈이다. "거슬러 갈 수는 없어도 천천히나 흐르자고" 오 분쯤, 육 분쯤, 많이도 아니고 딱 그만큼의 시간이나마 마주 오는 계절을 비켜 가길 원하는, 역사가 기관차보다는 코스모스 옆 자락이기를 바라는(「간이역에서의 비유」) 2022년에 쓴 시에 1994년의 기억을(「이런 질문」) 새긴다. 산문 속의 그가 미래를 가리킬 때, 시 속의 그는 과거를 향해 걸어간다. 그가 꿈꾸는 이상향은 어디에 있는 것일까. 그의 시를 읽으며 그의 마음이 엇갈려 놓인 시간과 장소가 어디에 어떻게 있는지 궁금해할 때 시인은 무연히 대답한다. 모든 길은 사실 그의 안에 있다고 말이다.

돌아보면 어릴 적 혼자 걸었던
그게 어딘가로 가던 길인지
집으로 돌아오던 길인지 모르겠지만

그 길을 걸었던 저물녘의 시간이
어딘가에 새기어 오르골처럼
가만히 휘파람 불어온
길의 노래, 나의 노래

길이 밖에 있는 게 아니라

내 몸속에 있던

어느 모퉁이에는

애기 무덤들이 모여 있었다

—「길」 전문

　모르는 말이 길었다. 처음 이 시들을 받아 들었을 때 전염병이 지뢰처럼 놓여 있으되 아직 우리를 침몰시키지 못한 시기였고, 나는 환한 곳에서 처음 이 시들을 읽었다. 그러다 덜컥 지뢰를 밟고 방으로 격리되게 되었다. 거리에서 읽던 시들을 갇힌 방에서 다시 읽는 경험은 새롭다. 시는 시인이 서 있는 자리를 담고 있지만 읽는 자의 장소로 옮겨 오며 종종 변주된다. 갇힌 방에서 나는 '이파리'라고 쓰인 시집의 제목에 밑줄을 그었다. 이파리라니. 엉뚱하게 오 헨리의 『마지막 잎새』를 떠올렸다. 그 잎은 실재하는 잎은 아니었으나 그럼에도 삶을 가능하게 하는 잎이었다. 이 시집에도 잎에 관한 시가 여러 편 있다. 그중 「아직은 푸른 잎사귀」의 시구 "후회 없이 울었느냐고"하는 물음을 후회 없이 노래했느냐로 고쳐 읽었다. 그리고 그가 줄곧 부른 노래가 무엇일까 생각했다.

　시를 읽는다는 건 시인이 건네고자 하는 음성을 듣는 것이다. 하지만 그 음성은 오롯이 그의 것이 아닌, 그가

던진 문장이 내 마음속에 닿아 울리는 또 다른 소리이기도 하다. "이파리 같은 새말 하나 틔우는 것이 / 또 사는 길이라고"(『꽃길』) 했던가. 그리고 또한 그것이 아마도 그의 시일 것이다. 그리고 이제 나는 이 시들이 그가 이번 생의 소명이라고 자각했던 자리, 우리가 사는 별은 어떻게 존재해야 한다고 바라던 자리, 인간의 회복이 어떻게 이루어져야 하는가에 대한 지향의 자리, 그 자리에 놓이기를 바라고 있다.

삶창시선

———